# 花间物语

美月冷霜 著

## 第五辑

中国财富出版社有限公司

图书在版编目（CIP）数据

花间物语 . 第五辑 / 美月冷霜著 . —北京：中国财富出版社有限公司，2022.7
ISBN 978-7-5047-7716-4

Ⅰ.①花… Ⅱ.①美… Ⅲ.①诗集－中国－当代 Ⅳ.① I227

中国版本图书馆 CIP 数据核字（2022）第 106547 号

| 策划编辑 | 朱亚宁 | 责任编辑 | 孙 勃 | 版权编辑 | 李 洋 |
| --- | --- | --- | --- | --- | --- |
| 责任印制 | 尚立业 | 责任校对 | 张营营 | 责任发行 | 杨恩磊 |

| 出版发行 | 中国财富出版社有限公司 | | |
| --- | --- | --- | --- |
| 社　　址 | 北京市丰台区南四环西路 188 号 5 区 20 楼 | 邮政编码 | 100070 |
| 电　　话 | 010-52227588 转 2098（发行部） | 010-52227588 转 321（总编室） | |
| | 010-52227566（24 小时读者服务） | 010-52227588 转 305（质检部） | |
| 网　　址 | http://www.cfpress.com.cn | 排　　版 | 董海召 |
| 经　　销 | 新华书店 | 印　　刷 | 番茄云印刷（沧州）有限公司 |
| 书　　号 | ISBN 978-7-5047-7716-4/I · 0344 | | |
| 开　　本 | 710mm×1000mm　1/16 | 版　　次 | 2022 年 7 月第 1 版 |
| 印　　张 | 39 | 印　　次 | 2022 年 7 月第 1 次印刷 |
| 字　　数 | 507 千字 | 定　　价 | 98.00 元（全 5 册） |

版权所有 · 侵权必究 · 印装差错 · 负责调换

## 诗人的话

我在花间等你来,让我们一起倾听大自然。
我在花间等你来,说着只有我们自己明白的语言。
我在花间等你来,品味我们灵魂深处最美的浪漫。
诗和远方,且行且伴。时光云轩,阳光灿烂。
让我们拥有花间物语,明媚人生每一天……

明月如钩高挂时
好运欲来风先知
山楂若无醉人意
款待天下最相宜

举杯满饮梨花白
垂柳软扫风怀开
醉人醉心叫大麦
天香擎出美酒来

春风吹乱胭脂妆

空中柔情暗飞扬

桃花雨中含羞望

天边可有定惊王

金梭开织几千年
白云出岫风流欢
只有山莓不肯变
意欲红透人间天

# 序言

当世界文明以科学形式出现的时候,文化就成为人类生活方式的总和,并以科技、史学、艺术等形态,展现出自身的品质。文明包括精神文明和物质文明,花卉文化作为精神文明的重要组成部分,正日益受到中国乃至世界各国的高度重视。中国是世界上拥有花卉品种较为丰富的国家,栽培花卉植物的历史悠久,是当今世界上较重要的花卉植物发源地之一。

中国人的生活和花卉植物密不可分,以此形成的文化现象和文化体系,被中国先哲称为中国花文化。中国花文化集语言艺术、文学艺术、美学艺术、表现艺术于一身,已经成为中华文明史上,璀璨夺目的一朵奇葩。孔夫子说:"文质彬彬,然后君子。"无论是谁,活得像花,才能活出生活里的"诗"和"远方"。这一点,对于小朋友而言,同样适用。哪个孩子的成长过程中不读书?哪个孩子不爱美的事物?美好的明天应该从读诗开始。

从西周的《诗经》和西汉的《楚辞》中,我们可以看出中国人对花鸟鱼虫的感悟。从此,大自然的生灵有了故事,有了寄托,有了对未来的憧憬。鸟语花香成为这个世界上美好的存在。正是花卉、树木、鸟、兽、鱼、虫持续创造并不断改变着地球上的自然生态环境。利用大自然,保护大自然,维护生物多样性,始终是中国人的生活态度。

本书首次尝试将自然物种和人类文化,结合成一个整体,以微写作和全押韵为基础,创作出行云流水、琅琅上口的小诗,借以表达自然界的天然文化意象,力求用通俗、流畅的语言,渲染、融合、诠释人类与大自然的共有魅力。

谨以此书献给全世界所有热爱中国花文化的人。

# 目 录
contents

**B**
八宝 / 2
白玉兔 / 3

**C**
彩云阁 / 4
长寿花 / 5

**F**
绯花玉 / 6

**H**
红背椒草 / 7
红麒麟 / 8
红缘莲花掌 / 9
虹之玉锦 / 10
花盛球 / 11
花月夜 / 12
黄毛掌 / 13

**J**
姬星美人 / 14

金枝玉叶 / 15
九轮塔 / 16
酒瓶兰 / 17

**L**
丽光殿 / 18
量天尺 / 19
令箭荷花 / 20
琉璃殿 / 21
胧月 / 22
鹿角海棠 / 23

**M**
美丽日中花 / 24

**Q**
千代田锦 / 25

**S**
珊瑚珠 / 26
沙漠玫瑰 / 27
少将 / 28

**T**
水晶掌 / 29
天使之泪 / 30
筒叶花月 / 31

**W**
万重山 / 32
五十铃玉 / 33

**X**
仙人掌 / 34
小松绿 / 35
蟹爪兰 / 36
心叶日中花 / 37
星美人 / 38
雪光 / 39

**Y**
银星 / 40
银翁玉 / 41
玉露 / 42

## Z
- 玉翁 / 43
- 玉缀 / 44
- 珍珠吊兰 / 45
- 子持莲华 / 46
- 紫晃星 / 47
- 紫珍珠 / 48

## B
- 波罗蜜 / 49

## C
- 粗叶榕 / 50

## D
- 笃斯越桔 / 51

## E
- 鳄梨 / 52

## F
- 番荔枝 / 53
- 番木瓜 / 54
- 番石榴 / 55
- 菲油果 / 56
- 凤梨 / 57
- 富士果 / 58

## G
- 柑子 / 59

## H
- 哈密瓜 / 60
- 海枣 / 61
- 红毛丹 / 62
- 花红 / 63
- 火龙果 / 64

## J
- 橘子 / 65

## L
- 梨 / 66
- 荔枝 / 67
- 榴梿 / 68

L

M
罗汉果 /69
龙眼 /70

蔓越莓 /71
莽吉柿 /72
梅 /73
木奶果 /74

N
柠檬 /75

P
枇杷 /76
蒲桃 /77
葡萄 /78

R
人心果 /79

S
沙棘 /80
山莓 /81

山楂 /82
蛇皮果 /83
柿 /84

T
桃 /85
甜橙 /86

W
无花果 /87

X
西瓜 /88
香蕉 /89
香瓜 /90
杏 /91

Y
阳桃 /92
洋蒲桃 /93
椰子 /94
樱桃 /95

4

| X | T | Q | L | D | C | Z | | |
|---|---|---|---|---|---|---|---|---|
| 夏季风 | 台风 | 秋风 | 龙卷风 | 冬风 | 春风 | 中华猕猴桃 | 柚 | 樱桃番茄 |
| / | / | / | / | / | / | / | / | / |
| 104 | 103 | 102 | 101 | 100 | 99 | 98 | 97 | 96 |

# 七言话百花

# 八宝

花之美色风无缘，故泼秋雨戏景天。
可惜情丝斩不断，至今环绕在心间。

　　八宝，别名：景天、活血三七、对叶景天、白花蝎子草。景天科，八宝属，多年生肉质草本。产于中国云南、贵州、江苏、辽宁等地，现已广泛栽培。花期8—10月。地下茎肥厚，地上茎直立，不分枝，叶子肉质，小花密生，数量很多，有白色、粉红色、玫红色。为优质观叶观花植物。全草可入药，有清热解毒等功效。物语：吉祥植物，带来福禄。

# 白玉兔

千花万花大观园,花间浪漫时光轩。
白玉兔花开得慢,却也美到人心尖。

　　白玉兔,别名:白珠丸、两色丸。仙人掌科,乳突球属,多年生肉质草本,株高可达2米。原产于墨西哥中部高原地带,中国已经栽培选育。花期4—8月。植株圆球形至椭圆形,呈灰绿色,密布细长白绵刺。花后结棒状洋红色果实。花钟形,有大红色、玫红色,花朵侧开,数量多,花期长,非常美丽。物语:包容相悦,互惠团结。

# 彩云阁

向晚收取烂银盘,彩云阁上风月天。
生来就是金不换,哪个见了都喜欢。

彩云阁,别名:麒麟阁、三角麒麟、三角霸王鞭、龙骨、龙骨柱。大戟科,大戟属,多年生多肉。原产于非洲南部纳米比亚的热带地区,中国引种栽培。植株健壮,挺拔直立,分枝如灌木状。棱形茎秆碧绿色,高低错落,姿态优美,还可以根据光照变幻颜色。茎叶翠绿色。喜干燥和光照充足的生长环境。物语:友情相伴,信任久远。

# 长寿花

陶醉方知旋律好,入梦始觉天地小。
长寿花开秋热闹,欣喜红颜不曾老。

　　长寿花,别名:寿星花、假川莲、矮生伽、伽蓝菜。景天科,伽蓝菜属,多年生肉质草本。原产于非洲马达加斯加。花期1—4月。喜温暖、稍湿润、光照充足的环境。株丛低矮,叶片肥大、光亮,全年翠绿,花色丰富,鲜艳夺目,多姿多彩。每一花茎顶端盛开几十朵小花,有粉红色、玫红色、大红色、橙红色,美艳至极,非常漂亮。物语:健康平安,福寿双全。

# 绯花玉

天地万物风流足,时光偶送春时雨。
令人眩目绯花玉,柔情柔得月相扶。

　　绯花玉。仙人掌科,裸萼球属,多年生多肉。原产于阿根廷安第斯山脉,中国栽培选育。花期夏季。植株扁球形或球形,球状体有数条粗壮脊棱,长有少量尖刺。整株墨绿色,花朵生于球体顶端,色彩丰富,有深红色、粉红色、白色。喜欢干燥、光照充足、排水良好的砂质土壤。易养护,适合家庭栽培观赏。物语:甜蜜欢歌,饱满温和。

# 红背椒草

千山万水任消磨，人生苦短要取舍。
红背椒草知超越，笃信相爱乐趣多。

　　红背椒草，别名：雪椒草。胡椒科，椒草属，多年生常绿肉质草本。原产于南美洲热带地区。花期春末夏初。喜温暖、干燥、光照充足的环境，不耐寒。小巧玲珑，叶片两边向上翻，使叶面中间形成一浅沟，叶面暗绿色，叶底红色或紫红色，棒状，为优质观叶植物，精巧别致，独具特色。人工常选择扦插进行繁殖。物语：千红染透，绿了春秋。

# 红麒麟

天地绵延风流春，日月晒出红麒麟。
寒枝潇洒满秋韵，美在头顶艳在心。

红麒麟。大戟科，大戟属，多年生多肉。原产于南非，中国南方栽培选育。球状，茎多棱，先端有红褐色刺。幼株整体翠绿，毛刺鲜红色。成年后，长刺坚硬，呈紫红色，株形优雅。喜欢在干燥、温暖、光照充足的环境下生长，但又耐半荫。人工常选择扦插进行繁殖。以在室内观赏为主要栽培目的。物语：坚定忠诚，个性勇猛。

# 红缘莲花掌

天有圆来地有方,最美红缘莲花掌。
闭上眼睛细思量,为谁开花为谁忙。

红缘莲花掌。景天科,莲花掌属,一年生多肉草本。原产于大西洋的加那利群岛,中国多地有分布。植株多分枝,叶片质厚,叶青绿色至绿色,微见白霜,叶片排列成莲花状,镶有美丽的红褐色边线,整体形状优美耐看。开浅黄色小花微带红晕,娇艳美丽。花朵谢落后,植株会和花朵一起枯萎。多用扦插法繁殖。物语:开朗大方,欢快成长。

# 虹之玉锦

春耕春种春华天，秋风秋收秋色晚。
虹之玉锦极光站，打开眼界看得远。

虹之玉锦，别名：极光。景天科，景天属，多年生多浆肉质草本。原产于墨西哥，中国栽培选育。喜阳光，耐干旱，不耐寒，生长速度缓慢。叶子如珠似玉，圆润光滑，排列成莲座状态，内里绿色，外围及顶端呈粉红或浅红色。整体色泽鲜亮，晶莹剔透，高雅美观，非常漂亮。适宜点缀厅台、书桌等，为室内盆栽佳品。物语：优雅健康，直达理想。

# 花盛球

花盛球开美若仙,只要一朵就无言。
明媚胜春人称赞,何不前来开开眼。

　　花盛球,中文名,仙人球。别名:草球、短毛丸、长盛丸。仙人掌科,仙人球属。原产于阿根廷及巴西南部的干旱草原,中国引种普遍栽培。花期5—7月。植株圆形或者长圆状,茎多棱,有羊毛状刺。花色丰富多彩,有大红色、粉红色、玫红色、浅黄色、纯白色,花朵大而艳丽。多在清晨或傍晚开放,数个小时就会凋谢。物语:内柔外刚,自然绽放。

# 花月夜

红边石榴初上妆,花月夜下慢欣赏。
生个宝贝铃铛状,莲座之上闻芳香。

花月夜,别名:红边石莲花。景天科,石莲花属,多年生常绿多肉。原产于墨西哥。花期6—7月。有厚叶和薄叶两种类型。植株形状酷似莲花,叶肥厚肉质,蓝绿色,喜阳光,耐旱,日照充足的情况下叶边会变红。开花时,花月夜会长出高高的细茎,黄绿色细茎上开出一串串铃铛形的美丽小黄花,十分优雅。物语:展望美好,分外娇娆。

# 黄毛掌

雷鸣电闪六月初,午时掠阵风几许。
天晴云散雨收处,黄毛掌上潋艳余。

黄毛掌,别名:金乌帽子。仙人掌科,仙人掌属,多年生多肉,高0.6~1米。原产于墨西哥北部的高原地区,中国多地栽培选育。花期6—10月。喜温暖、干燥、光照充足的环境,较耐寒和干旱,不耐水湿。植株直立,多分枝,茎节扁平,翠绿嫩黄色,布满金黄色毛刺。花淡黄边缘带红晕,叶片似兔耳朵形,趣致可爱。物语:掌有冷香,丰富想象。

# 姬星美人

天上落雨水流走,流入地下不回头。
姬星美人叫多肉,美到爆盆才罢休。

　　姬星美人。景天科,景天属,多年生肉质草本。原产于西亚和北非的干旱地区。喜温暖、干燥、光照充足的环境。茎多分枝,叶片拥挤,旋转、张扬,深绿色,微扁丰满交互环生会长小侧芽,长势旺盛形成莲花形状,有时匍匐生长,开五片花瓣的淡粉白色小花。主要为观叶植物。叶片圆润,美如碧玉,很容易养到爆盆。物语:旺盛向上,绿色能量。

# 金枝玉叶

天地激荡五千年,银河出落春景天。
金枝玉叶无花瓣,故意摆阔群芳前。

金枝玉叶。刺戟木科,树马齿苋属,多年生常绿肉质植物。原产于非洲,中国多有栽培。植株漂亮,多分枝,新枝碧绿色。在阳光照射下,肉质嫩叶会变成粉红色或者紫红色,极为奇特,红绿相间,美艳绝伦,不是花朵胜似花朵。金枝玉叶的老桩经过培育,可以制作高级盆景。若光照不足,整株枝叶会呈现出翡翠般的颜色。物语:花的温柔,染红枝头。

# 九轮塔

望月声里别斜阳，秋风过处好风光。
九轮塔上开个唱，是片彩云就着忙。

　　九轮塔，别名：霜百合。百合科，十二卷属，多年生常绿肉质植物。原产于非洲西南部，中国引种栽培选育。通常花期夏季，较少开花。柱状，直立生长，茎轴极短，叶密集，轮状抱茎，碧绿色，叶面白色凸起排列整齐，在充足的光照下变成橙红色或紫红色。开花时，先长出细高花茎，开簇生橙红色或洁白色小花朵。物语：随和热情，锦瑟堆成。

# 酒瓶兰

如剑长叶风吹软,浩荡而来酒瓶兰。
就着月光醉里看,神采生动出天然。

  酒瓶兰,别名:象腿树。天门冬科,酒瓶兰属,常绿小乔木或灌木,一般株高2~3米,有时高可达10米。原产于墨西哥,中国引进栽培观赏,北方多作园艺或盆栽。花期春季。植株奇特,茎秆下部粗大,形状像个大肚子酒瓶,下大上小。茎顶部绿叶簇生,细长张扬,花白色。作为观茎赏叶花卉,颇具观赏价值。物语:难得一见,美醉天眼。

# 丽光殿

丽光殿上醉红颜,月亮弯腰尽兴看。
但见花容美上天,忙说大地也喜欢。

丽光殿。仙人掌科,乳突球属,多年生肉质植物。原产于墨西哥,中国多有栽培。花期5—7月。仙人球的一种,初单生,后丛生,植株球状,外有数条高棱排列出羊毛状刺。花朵位于近顶部老刺座的腋部,单生或者簇生,大而艳丽,玫红色,花蕊金黄色,美轮美奂。不容易开花。喜欢阳光充足的生长环境。物语:任意舒卷,阳光灿烂。

# 量天尺

碧波烟云无深浅，翡翠阁上月光欢。
晨露珍惜上林苑，不教风声惊花眠。

　　量天尺，别名：龙骨花、霸王鞭、三角柱。仙人掌科，量天尺属，攀缘肉质灌木。分布于中美洲至南美洲北部，中国引进栽培。花期7—12月。分枝多数，肉质肥厚丰腴，深绿色至淡蓝绿色，边缘有小刺，需要攀缘生长于支撑物上。开喇叭状花朵，洁白如雪，非常漂亮，于夜间开放。硕大浆果玫红色，可食，名为火龙果。物语：花美果艳，气势惊天。

# 令箭荷花

令箭荷花误终生，只因美在痴守中。
该用情时要用情，不必为缘待天明。

　　令箭荷花，别名：红孔雀、荷花令箭、孔雀仙人掌。仙人掌科，令箭荷花属，多年生肉质草本，呈灌木状。原产于墨西哥，中国栽培甚广。花期4—6月。喜温暖、湿润的环境。枝扁平叶状，形似令箭，花似睡莲，因而得名令箭荷花。花筒细长，喇叭状，花重瓣或复瓣，白天开花，夜晚闭合。花色繁多，花大娇丽，具有淡香。物语：含羞瞬间，惊艳千年。

# 琉璃殿

山清水秀金银窝，琉璃殿主玩风车。
月下行舟须转舵，太美浪花会发火。

琉璃殿，别名：界叶掌、琉璃蛇尾兰。阿福花科，十二卷属，多肉。原产于南非和西南非，世界各地有栽培，中国引进培育。花期4—6月。贴地生长，肉质叶片肥厚，排列成莲花座形状，叶密集，旋叠式，顺时针方向生长，有明显的白色纹突。花朵白色，谢后结果。整株深绿色，阳光强烈时可变成紫色。物语：独立执着，流翠欢歌。

# 胧月

沙漠遥遥在天边，晚霞悠悠青山远。
只有胧月不相见，悄悄绽开花容颜。

胧月，别名：宝石花、石莲花、风车草。景天科，风车草属，常绿蔓生亚灌木。原产于墨西哥。丛生，株型较为疏松，茎杆自然匍匐或下垂于盆外。叶片肥厚，淡紫色或灰绿色，光照充足时，叶片淡粉红色至粉紫色，有光泽。整株形状既似莲花又像风车。花朵细小影响胧月美观，通常发现后会修剪清除。物语：积极超越，力量之作。

# 鹿角海棠

世间最深叫感情，如水如云如春风。
鹿角海棠心相同，静静观看明日景。

　　鹿角海棠，别名：熏波菊。番杏科，鹿角海棠属，多年生肉质灌木。原产于非洲西南部，中国引进栽培选育。耐干旱，怕高温潮湿。肉质肥厚，叶片对生，无柄，半月形，叶背面呈龙骨状突起。冬季生长旺盛，进入开花期，花大顶生，有的花美如菊，有的粉妆淡抹，有的洁白如雪，黄色花蕊，娇艳至极。物语：热切期望，成功奔放。

## 美丽日中花

春风吹来大晴天,高贵无意开满园。
美丽日中花烂漫,几朵已经迷人眼。

美丽日中花,别名:龙须海棠、松叶菊、美粲花。番杏科,松叶菊属,多年生常绿草本。原产于非洲南部。花期春季或夏季。喜温暖干燥和阳光充足的环境。茎丛生,多分枝。叶肉质,翠绿色。花单生于枝顶,花瓣线形,紫红色或白色,花朵具有金属光泽,绚丽多彩,漂亮得令人流连忘返。向阳而开,傍晚闭合。物语:绕指风流,美至心头。

# 千代田锦

叶如山峰无枝条,千代田锦待春晓。
谁知太阳开玩笑,问君可否相携老。

千代田锦,别名:千代田之光、什锦芦荟、斑纹芦荟。百合科,芦荟属,多年生肉质植物。原产于非洲南部,中国各地广泛栽培。喜温暖、干燥、半阴的环境。植株由肉质叶片组成,旋叠生长,叶片表面有不规则的浅色斑纹,叶色斑斓。开花时,抱茎长出细筒状花朵,橙红色或橙黄色,别致优雅。千代田锦为芦荟中的珍贵品种。物语:奋发图强,吉祥兴旺。

# 珊瑚珠

太阳拨开过眼云,欣赏天地再更新。
多肉珊瑚珠子新,更比红宝吸引人。

珊瑚珠,别名:灰菩提、玉叶、珍珠草、珍珠掌。景天科,景天属,多肉。原产于墨西哥,中国引进观赏。花期秋季。为多肉花卉中的微型品种,叶子圆润如珠,多肉多汁,秀色可餐,光照增强时,色泽可变成淡紫红色或褐红色,晶莹剔透。叶如其名,外观如同紫红色珍珠,圆滚可爱。开成串的白色小花。物语:生性活泼,天天快乐。

# 沙漠玫瑰

时光不老天不同,沙漠玫瑰花传情。
常为相逢而感动,感受冬日似春风。

　　沙漠玫瑰,别名:天宝花、阿拉伯沙漠玫瑰。夹竹桃科,沙漠玫瑰属,多肉小乔木。原产于非洲,中国多地栽培观赏。花期4—5月和9—10月。性喜高温、干旱、光照充足的环境。树干膨胀,茎基部肥大。叶子翠绿,有光泽,冬季落叶。花的颜色有白色、粉红色、紫红色、玫红色等,艳丽多姿,极为别致。物语:自信长情,坚持成功。

# 少将

大地任由天放风，少将生存有要领。
绚丽本是花生命，唯美尚待去完成。

少将，别名：赤耳少将。番杏科，肉锥花属，多年生多浆肉质草本。原产于南非。花期秋季至冬初。喜温暖、干爽的气候和光照充足的环境。植株扁心形对生，顶部有鞍形中缝淡黄绿色，两叶先端钝圆，浅绿至灰绿色，顶端略红色，表皮具细小颗粒。花单生，雏菊状，金红色，花茎从中缝中抽出。以扦插和播种两种方式栽种。物语：无尽苍穹，彩虹当空。

# 水晶掌

多肉群里流翠王,历经风雨有主张。
龙床抬去高山上,太阳收下水晶掌。

水晶掌,别名:宝草、三角琉璃莲。百合科,十二卷属,多年生常绿多肉。原产于非洲西南部,中国引进栽培。植株初始单生,之后丛生。叶片莲花座状排列,浑圆、透明、翠绿色,质地如水种翡翠或含翠琉璃,有碧绿色条纹。花葶纤细,花形极碎小。形态各异,晶莹剔透,翠绿欲滴,神形优美。适合小朋友互送。物语:温暖如春,友谊长存。

# 天使之泪

凝脂莲香喷薄出,圆叶八千追星族。
天使之泪风呵护,今夜新凉有梦无?

  天使之泪,别名:美人之泪、圆叶八千代。景天科,景天属,常绿多肉草本。产于墨西哥。植株常年粉绿色,单生至丛生,叶片珠圆玉润,错落有致,抱茎而生。马奶子葡萄状叶片,叶圆润带细微白粉,成年后白粉会掉,表面嫩滑如凝脂,散发淡淡的水果香。开淡黄色钟形小花。剔透的叶片形似欲滴的泪珠,故而得名天使之泪。物语:得天独厚,珠玉通透。

# 筒叶花月

筒叶花月超天真,长将流翠握掌心。
纵使红尘不相问,风流照样爱别人。

筒叶花月,别名:吸财树、马蹄角。景天科,青锁龙属,多年生肉质灌木。原产于南非纳塔尔省。花期11月至翌年3月。植株健壮,多分枝,叶子奇特,翠绿色,如同吸管一般,四季常绿,星状花,淡粉白色。整株形状优雅美丽,造型别致,老桩可以制作中大型高级盆景。春、秋、冬季,叶片顶端颜色会从微黄到深红色。物语:互相欣赏,倾心向往。

# 五十铃玉

莫道年年花别离,五十铃玉待归期。
曾经共唱一台戏,酷暑寒冬各自知。

　　五十铃玉,别名:橙黄棒叶花、婴儿脚趾。番杏科,窗玉属,多年生肉质草本。分布于南非沿海地区,中国引进栽培选育。花期8—12月。喜温暖干燥环境。植株造型奇特,叶片淡绿圆润,叶顶端透明,用于接受阳光,形似玉棒。夏季休眠,入冬后开花,花朵大而艳丽,美若雏菊,有白色、金黄色、橙黄色。物语:和平之色,安定生活。

# 万重山

且歌且行万重山,敏于体验同根源。
指天柱上风云乱,不曾误了开花天。

万重山,别名:山影、仙人山。仙人掌科,仙人柱属,仙人柱的变种,多年生肉质草本。原产于非洲南部,中国多地栽培。花期4—8月。喜光照,耐旱、耐贫瘠,光线弱的环境易徒长。植株丛生,四季郁郁葱葱,生机勃勃,生命力旺盛。形似山峦,又如奇石林立,纵棱上布满灰白色的短刺。不容易开花,花钟形,红色。物语:阳光明媚,花开富贵。

# 仙人掌

热烈当属太阳光,余生很长须要强。
沙漠深处存希望,芳名就叫仙人掌。

　　仙人掌,别名:霸王树、仙巴掌、扁金刚、火焰、观音刺、玉芙蓉。仙人掌科,仙人掌属,丛生肉质灌木。原产于墨西哥东海岸、美国南部及东南部沿海等地,中国于明末引种。花期6—10月,或更长。植株强壮,茎叶粗大,肥厚扁平,碧绿色至黄绿色,全身布满毛刺。花朵大而美。浆果紫红色,酸甜可食。茎供药用。物语:渲染坚强,热情奔放。

# 小松绿

日出日落任风舞，非花非草非世俗。
错落有致小松绿，只爱阳光不爱雨。

  小松绿，别名：球松。景天科，景天属，多肉。原产于非洲北部阿尔及利亚，中国引进栽培选育。植株强健而精致，多分枝，叶片浑圆翠绿，枝顶簇生，形似松针，相拥成流翠球状。光照强烈下，叶尖会略带粉红色，小花黄色，星状。植株酷似微型松树，老桩可以制作盆景，为优质观叶植物。物语：青春能量，活力飞扬。

# 蟹爪兰

风掠枝头秋初醒,误将火凤当秋红。
厚重何须云折腾,静若止水更从容。

　　蟹爪兰,别名:蟹爪莲、螃蟹兰、圣诞仙人掌、锦上添花。仙人掌科,仙人指属,附生肉质植物。原产于巴西,中国引进栽培观赏,各地均有栽培。花期从10月至翌年2月。茎光滑,无刺,幼枝及枝扁平。茎节短,外形似螃蟹腿,呈悬垂状,分枝众多,浓绿色。花朵艳丽,单生于嫩茎节顶端,品种繁多,形态各异,色彩丰富。物语:弥足珍贵,尽兴品味。

# 心叶日中花

游离世外逆境中，心叶日中花多情。
不忍惊醒沉睡梦，蜜蜂收了问候声。

　　心叶日中花，别名：花蔓草、穿心莲、牡丹吊兰、田七菜、露草。番杏科，日中花属，多年生常绿草本。原产于非洲南部，中国引进栽培。花期7—8月。喜温暖、干燥的环境，耐半阴，有一定耐寒能力。茎斜卧，分枝稍带肉质，叶子对生，翠绿色。花朵精致、美丽，花瓣红紫色。可作蔬菜食用，主要食用嫩茎叶，鲜嫩可口。物语：大度友爱，最受拥戴。

# 星美人

月亮从古走到今,最爱只有星美人。
太阳之光有远近,唯与大地心贴心。

　　星美人,别名:厚叶草、铜锤草、白美人、肥天。景天科,厚叶莲属,多年生多浆肉质草本。原产于墨西哥高原中部,分布于西亚和北非,中国引进栽培。花期夏季。叶片肥厚圆润,颜色从银蓝绿色到粉蓝色,叶面平滑覆盖一层白粉,四季常绿。夏季长出细高花茎,渐次开花,色泽漂亮,有绯红和紫红等颜色,优雅美丽。物语:积极向上,年轻阳光。

# 雪光

约会未定任思想，细细品尝白雪光。
玉指捻得香味长，隔壁醉倒少年郎。

雪光，别名：白雪光、雪晃。仙人掌科，锦绣玉属，多年生多浆草本。原产于巴西南部，中国各地均有栽培。植株球形，刺座密集而细小，生有白色绒毛，植株几乎被白色的毛刺完全包裹。花喇叭形，有鲜红色、橙红色、金黄色。可以同时绽放多朵，每朵花开放7-10天，随谢随开。具观赏性，适合作室内小型盆栽。物语：热带花朵，魅力四射。

# 银翁玉

山高天高情更高，白头只为相思老。
银翁玉美花奇妙，妙得时光也讨饶。

　　银翁玉，别名：刺玉。仙人掌科，智利球属，多年生肉质多浆草本。原产于智利亚热带半荒漠区，中国引进栽培观赏。植株单生，小巧秀丽，初为圆球形，逐渐长成圆筒状。有数条不明显的棱，全身披满细长的针刺和短绵毛。五月开花，花朵大而美丽，有淡红色、水红色、玫红色。绚丽多姿，十分漂亮。物语：踏实谦和，收获良多。

# 银星

清风明月不用钱，摘颗银星保平安。
同名多肉今客串，天之骄子到人间。

　　银星，景天科，风车草属，多年生肉质植物。原产于南非，中国引进栽培观赏。长至两年可开花，春夏季抽出花葶，开粉白色小花，之后叶盘渐渐凋零。植株低矮，贴地而生，灰绿色叶片形成莲花状，叶片厚而丰腴，中心叶片变浅至白色，有光泽，表面覆盖一层白粉，叶尖毛刺鲜红色。主要为观叶植物。物语：温馨陪伴，祥瑞丰年。

# 玉露

柳叶不过两指宽,却有勇气摇春天。
玉露美成小卤蛋,百花见了也红脸。

　　玉露。阿福花科,十二卷属,多年生肉质草本。原产于南非,中国引进栽培观赏。花期春末。植株精致,叶质翠绿欲滴,珠圆玉润排列别致,晶莹剔透十分漂亮。喜光照,但过分暴晒导致植株变成深绿色,影响观赏。开粉白色钟状小花。为观叶植物,叶比花美。外形恰似"琉璃凝绰约,香雪玲珑多"。物语:百合理想,希望之光。

## 玉翁

高峰剪断云相连，月世界里梦温暖。
玉翁球上就个伴，生圈花儿当神仙。

玉翁，仙人掌科，乳突球属，多年生多浆草本。原产于墨西哥中南部，中国引进栽培，多地分布。花果期6—7月。植株球形逐渐长成圆柱状，外表有叶棱鲜绿色，覆盖坚硬叶刺和银白色绵毛。沿球体顶端侧面开桃红色花朵，黄色花蕊，极为美丽。盛花时间短，大约两天以内，果实粉紫色，可以食用。物语：成熟有礼，未来可期。

# 玉缀

遇上土壤就出关,景天玉缀长得欢。
翡翠样子虽好看,却在风中偷清闲。

玉缀,别名:翡翠景天、玉珠帘、玉串。景天科,景天属,多年生常绿肉质草本。原产于美洲、亚洲、非洲热带地区,中国已有引种。花期春季。植株柔韧有力,匍匐生长,叶多汁,纺锤形,紧密地重叠在一起,形似松鼠尾巴。绿叶珠圆玉润,覆盖一层白粉。紫红色小花悬垂于枝头,有翡翠玉帘缀玛瑙之美。物语:穿越百年,生命灿烂。

# 珍珠吊兰

晚有流云朝有霞，珍珠吊兰绿当家。
风云造就花文化，月中寻桂到天涯。

珍珠吊兰，别名：翡翠珠、佛珠、绿之铃、绿铃。菊科，千里光属，多年生常绿肉质草本。原产于非洲南部，现世界广泛分布。花期12月至翌年1月。珍珠吊兰适合悬挂培育生长。椭圆形小叶子丰腴圆润形似珍珠，鲜绿欲滴，抱茎而生，零落有致，风姿绰约。开粉白色丝绒球质小花，紫色花蕊，香气浓郁，特别美丽。物语：学会包容，分享成功。

# 子持莲华

风云天气有长短,人生最难是服软。
子持莲华了心愿,选得一片好田园。

子持莲华,别名:迷你莲、子持年华。景天科,瓦松属,多年生草本。原产于墨西哥,中国多地栽培观赏。花果期9—10月。叶质肥厚丰腴,紫灰色,表面覆盖一层淡淡白霜,长时间阳光照射下,会呈现出漂亮的粉红叶晕,形似莲花。花柱如同宝塔,十分壮观。开白色或淡黄色小花,经历花开花谢,单生株开花后枯萎。物语:冲天而起,能量神器。

# 紫晃星

燕鸥低飞穿云行,艳阳高照三五峰。
紫晃星花太要命,任谁看了都动情。

　　紫晃星,别名:紫星光。番杏科,仙宝木属,多年生肉质植物。原产于南非,中国引进栽培。花期主要为春季,夏秋季也有少量花朵开放。植株呈常绿灌木状,丛生多分枝,根系粗大,叶片棒状或长圆形。白色细长绵毛刺位于翠绿色柱形叶片顶端,中心金黄色如同丝状花卉,高雅大方,赏心悦目。花朵美丽,花瓣如菊状,多为紫红色。物语:席地而生,气象升腾。

# 紫珍珠

荫凉总是山林足，风声偶尔响空谷。
虽然明月难留住，太阳可伴紫珍珠。

　　紫珍珠，别名：纽伦堡珍珠。景天科，拟石莲花属，多年生肉质草本。原产于德国，中国引进栽培观赏。植株健壮，贴地生长，叶片丰腴自然形成莲花状。叶片根据光照时间长短，变幻出各种色泽，有蓝紫、紫红、碧绿间粉红等颜色。夏末秋初由叶间抽出细高花葶，开橘红色钟状花朵，花蕊金黄色。花谢后及时剪除。物语：守护神圣，芳心安定。

# 波罗蜜

绿绿帐子麻麻衣，果果隔间层层齐。
弯月打开波罗蜜，满眼春色皆往昔。

　　波罗蜜，别名：树波罗、木波罗、牛肚子果。桑科，波罗蜜属，常绿乔木，树高10~20米。花期2—3月。可能原产于印度，中国广东、广西、海南等地常有栽培。花雌雄同株，聚花果椭圆形至球形或不规则形状，长0.3~1米，幼时浅黄色，成熟时黄褐色。果味甜，芳香，其核果可煮食，富含淀粉。岭南乡村经常可以看到波罗蜜树。物语：甜蜜入心，潇洒红尘。

# 粗叶榕

南方北方各有宝，五指毛桃个不高。
半是食材半是药，煲罐鸡汤问春好。

　　粗叶榕，别名：丫枫小树、大青叶、佛掌榕、掌叶榕、五指毛桃。桑科，榕属，灌木或小乔木。产于中国南部地区，为岭南山区平原地角常见的野生植物。因其叶子如五指形状，结的果实似布满绒毛的小桃子，故又名五指毛桃。在广东地区的乡村主要是挖取其地下根茎，干鲜皆可，用于煲煮龙骨或鸡汤，祛湿气。以根入药。物语：饮食文化，健康为大。

# 笃斯越桔

如梦如幻如紫烟，海上明月共方圆。
阳光蓝莓结成片，万里春风解连环。

　　笃斯越桔，别名：蓝梅、都柿、甸果、黑豆树。杜鹃花科，越桔属，落叶灌木。产于中国大兴安岭北部、吉林长白山，朝鲜、日本、俄罗斯等国有分布。花期6月，果期7—8月。野生笃斯越桔植株矮小，果实近球形，可食用，味道酸甜，多用以酿酒及制果酱。含有多种维生素、氨基酸、蛋白质等营养成分，药用价值较高。物语：天头地角，无人不晓。

# 鳄梨

hé chù fēi lái xiān bù shuō　yǔ zhòng bù tóng niú yóu guǒ
何处飞来先不说，与众不同牛油果。
měi róng yǎng yán zhēn běn sè　é méi nóng jiù lǎn yún wō
美容养颜真本色，娥眉浓就懒云窝。

　　鳄梨，别名：牛油果、酪梨、樟梨、油梨。樟科，鳄梨属，常绿乔木，高约10米。原产于热带美洲，中国广东、福建等地都有少量栽培。花期2—3月，果期8—9月。果实大，通常为梨形，黄绿色和红棕色。素有植物奶油之称，常用于制作各种美食。果实富含植物蛋白、叶酸以及多种维生素，果仁含脂肪油，有温和的香气。物语：吃对食物，生活无虞。

# 番荔枝

不是山低看高峰，亦非云深天有情。
只因释迦果神圣，才与众生大不同。

番荔枝，别名：释迦果、林檎、唛螺陀、洋波罗、佛头果。番荔枝科，番荔枝属，落叶小乔木。原产于热带美洲，中国浙江、福建、广东、广西等地均有栽培。花期5—6月，果期6—11月。树皮灰白色，花青黄色，下垂。果实黄绿色，可食用。因其果实外形酷似荔枝，故名"番荔枝"。果肉甘甜软糯，营养丰富。根可药用。物语：果中含铁，对抗贫血。

# 番木瓜

朱颜不改花枝懒，叠翠叶子托起天。
木瓜绕着树干转，金瓯含珠味道鲜。

番木瓜，别名：木瓜、番瓜、万寿果。番木瓜科，番木瓜属，常绿软木质小乔木。原产于热带美洲，中国广东、广西、福建等地已广泛栽培。花果期全年。不择土壤，深圳市花园、小区里常会看到几棵自生自长的番木瓜树，竟然长得硕果累累。果实成熟后可作水果，可煮熟做蔬菜或腌食。果和叶可药用。物语：要种要长，欲收欲藏。

# 番石榴

清风唱和番石榴,恰似温柔醉心头。
腹中锦绣皆熟透,随手摘来解忧愁。

番石榴,别名:芭乐、花念、洋石榴。桃金娘科,番石榴属,乔木,高可达13米。原产于南美洲,中国华南各地栽培,常见逸为野生种。果实品种较多,以外观淡黄色、形似梨且果肉粉红色的为上品,香甜软糯可口。为著名的亚热带水果,营养丰富,可以除湿气抗氧化,但并非所有人都喜欢。叶子具有药用价值。物语:味道奇特,接受再说。

# 菲油果

天下春色美无缺，旋红结成菲油果。
风云变幻深莫测，月沉水底感悟多。

　　菲油果，别名：凤榴、费约果、南美稔。桃金娘科，野凤榴属，常绿小乔木。原产于南美洲的巴西南部、阿根廷北部、巴拉圭和乌拉圭西部的山野，中国引种栽培。既可观赏又能食用，花瓣外面有灰白色绒毛，内面带紫色，浆果圆形或长圆形。浓绿色叶子丰厚，富含叶酸和多种黄酮类物质，花瓣可食用，口感较甜。物语：记得来处，方知归途。

## 凤 梨

约定俗成叫菠萝,开花之后要结果。
抬头就是云和月,不如太阳照耀多。

    凤梨,别名:菠萝、露兜子、草菠萝、打锣锤、斑叶凤梨。凤梨科,凤梨属。原产于美洲热带地区,中国福建、广东、广西、海南等地有栽培。花果期夏季至冬季。茎短粗壮,叶片呈莲花状排列,坚硬有锐齿。为著名的热带水果。味甘、微酸,有清热解暑、生津止渴之功效。营养丰富,尤以维生素C含量最高。物语:饱满之情,自然形成。

# 富士果

风雨欲来谁不忧,幸有绿叶护枝头。
粉雕玉琢苹果秀,绿穿肚兜红入秋。

　　富士果,中文学名,富士苹果。别名:红富士,平安果、和平果、神仙果子。蔷薇科,苹果属。原产于欧洲和中亚细亚,经过多年驯化和栽培,世界各地均有自己的特色品种。中国为最早的苹果主产地,经过多年培育独树一帜,以山东烟台的栖霞苹果最为著名,酸甜适度口感清脆。营养丰富,富含抗氧化剂。物语:青山秋月,春风应和。

# 柑子

金屋藏娇风珍惜，不肯出阁不出奇。
如今寻得温馨地，款待柑子最相宜。

柑子，别名：柑、广柑、金柑、木奴。芸香科，柑橘属，落叶灌木或者小乔木，高约3米。产于中国南方地区，现世界各地广泛分布。枝柔弱，通常有刺，花小，黄白色，果实扁球形，橙黄色或淡红黄色。果实味道甘甜可口，香味浓郁。"金玉其外，败絮其中"的成语，就是与柑子有关。柑子为医书中记载的传统中药材。物语：上善真谛，鹏程万里。

# 哈密瓜

凉风习习天湛蓝，红日烈烈惜安眠。
哈密瓜若常相伴，日子越过越甘甜。

哈密瓜。葫芦科，黄瓜属，一年生匍匐或攀缘草本。中国新疆维吾尔自治区哈密地区特产，栽培种植历史约有4千年，现世界广泛分布。被誉为瓜中之王，称得上宴会餐桌上出场次数最多的切盘瓜果。瓜形美观，芳香四溢，汁水充足，甘甜爽脆，含糖量高达21%。含有丰富的抗氧化剂，钾含量也非常高。物语：离合聚散，命运相连。

# 海枣

风流倜傥一树高，阳光缠成金椰枣。
含蓄春色自来俏，越是浑圆越美好。

　　海枣，别名：番枣、波斯枣、枣椰子、伊拉克枣、仙枣。棕榈科，刺葵属，乔木状，最高可达35米。原产于北非和西亚地区，伊拉克栽培多以出口食用果实为主，中国南部引进种植。树干笔直，树冠叶片张扬，硕大浓绿，美观大方，可为街道遮荫，为热带风景区优质观赏树种。果实富含果糖，营养丰富，可供食用。花序汁液可制糖。物语：记忆深远，甜美童年。

## 红毛丹

千雪溶出破天荒,浮云浩荡画卷长。
红毛丹池掀绿浪,扯下明月入花房。

红毛丹,别名:韶子、毛荔枝、毛龙眼、红牡丹。无患子科,韶子属,常绿乔木,高10余米。原产于亚洲热带,为热带果树。中国广东和海南均有栽培种植。夏初开花。花朵似合欢,细丝缕缕,颇为梦幻。果实长满柔刺,像极了一个个漂亮的小红刺猬,于秋初成熟采摘。果肉晶莹,甘甜味美,营养丰富。物语:由深入浅,万般随缘。

## 花红

红云绿雾春风凉,万千妩媚枝头香。
如月银光须两丈,牵引沙果入梦乡。

　　花红,别名:沙果、林檎、文林郎果。蔷薇科,苹果属,小乔木。产于中国内蒙古、辽宁等地,广泛分布于中国华北、西北地区。花期4—5月,果期8—9月。花梗细长有绒毛,花蕾红至粉红色,花朵开放后白中微带红晕,美而不艳,在枝头摇曳生姿。入秋后果实由绿色转成黄或红色,比海棠果略大。花红树花、果皆可观赏,极为漂亮。物语:花开生动,果美人生。

# 火龙果

夜风寒凉情不薄，月照绛红火龙果。
何故高花雪中卧，只因等待同心结。

　　火龙果，别名：龙珠果、仙蜜果、玉龙果、红龙果、芝麻果。仙人掌科，量天尺属，攀缘肉质灌木。分布于中美洲至南美洲北部。中国海南琼海的红火龙果至今知名度依然很高。花朵硕大，可食用，常见有红心和白心的果实，偶有黄心或者黄皮白心的燕窝火龙果。营养丰富，具备诸多对人体有益的成分。物语：塑身减重，水清月明。

# 橘子

镌刻经历进过往，四月小花彻骨香。
灵魂有趣最漂亮，橘子味美压群芳。

　　橘子，别名：扁柑、川橘、大红柑、大红袍、福橘、柑。芸香科，柑橘属，常绿小乔木。原产于中国长江以南地区。古籍说橘子生长于不同环境，其形状和味道各有不同。根据生物学特征结合经济价值，《中国植物志》将宽皮橘分为两大类，即橘类和柑类。品种、品系甚多且亲系来源繁杂。具有开胃理气、止咳平喘等功效。物语：内涵芳香，隐士模样。

# 梨 lí

香吹行云十万里，若不风流天不依。
圣洁之物比比是，难比梨花就地起。

梨，别名：梨子、雪梨、沙梨、香梨、酥梨、鸭梨、乳梨、莱阳梨。蔷薇科，梨属，落叶乔木。分布于中国安徽、河北、山东、辽宁等地区。梨树在中国栽培历史悠久，品种繁多，果实生吃熟食皆宜。安徽省宿州市最北部砀山所产的梨最为著名，砀山梨为中国国家地理标志产品。为传统中药材，具有清热、润肺、止咳等功效。物语：筑梦起步，必行之路。

# 荔枝

红绡轻裹白玉房,通体柔情天然香。
雪帘半掩花形象,荔枝不屑美人妆。

荔枝,别名:离枝、离支、丹荔。无患子科,荔枝属,常绿乔木。产于中国南部地区,尤以广东和福建南部栽培最盛。诗人白居易的《荔枝图序》中说,若离本枝,一日而色变,二日而香变,三日而味变。可见此果难以保存,故名为离枝。为夏季时令水果,果肉晶莹鲜甜。果实为医书中记载的中药材。
物语:红锦翠帱,上善若水。

# 榴 梿

他山之石满天飞，心火之作烧不悔。
榴梿入赘成新贵，爱恨参半刺成堆。

榴梿，别名：韶子、榴莲。木棉科，榴莲属，常绿乔木。原产于印度尼西亚，泰国种植较多、产量很大，中国广东、海南引进栽培。花果期6—12月。以马来西亚的猫山王最为著名，气味浓郁，绵软可口。簇生花极美，花瓣黄白色，由韧性十足的花梗连接悬垂下来，有芳香，可食用。果肉营养丰富，核有药用价值。物语：果中之宝，喜欢就好。

# 龙眼

龙眼不抵千阙雨，暗将甜蜜隔窗许。
陇外珠玉红染绿，天涯伴侣出彩无？

　　龙眼，别名：元肉、比目、桂元、桂圆、骊珠、绣水团、圆眼、益智、羊眼果树。无患子科，龙眼属，常绿乔木，高10余米。栽培于中国西南部至东南部，以福建最盛，广东次之。花期春夏间，果期夏季。肉质鲜甜可口，为夏秋季时令果品，也可以制成干燥品长期保存。营养丰富，可作为滋补品，亦可入药。物语：互联起来，饱满情怀。

# 罗汉果

神仙果上问神仙，蜜源到底在哪边。
罗汉不语向天看，济世玉壶挂眼前。

罗汉果，别名：光果木鳖、金不换、罗汉表、假苦瓜、裸龟巴。葫芦科，罗汉果属，攀缘草本。产于中国广西、贵州、湖南南部、广东和江西。花期5—7月，果期7—9月。为民间传统中药材，果实采摘后晒干备用，具有清肺火、消除咽喉肿疼等作用。用来泡水喝，可以止咳润燥。挑选罗汉果时，摇起来无响声的最佳。药食同源。物语：与世无争，药中深情。

# 蔓越莓

春风得意跨海飞，秋云携来星河水。
红日动问谁珍贵，皎月答是蔓越莓。

蔓越莓，别名：鹤莓、蔓越橘。杜鹃花科，越橘属，常绿灌木或蔓藤。主要产于寒冷的北半球，如美国马萨诸塞州、加拿大的魁北克州等地，中国大兴安岭地区也比较常见。2019年，中国黑龙江省抚远市红海蔓越莓基地喜获丰收，正式开启国产蔓越梅元年。口感独特，鲜食或加工成为蜜饯都可。有天然高效的抑菌效果。物语：无所不能，令人震惊。

# 莽吉柿

烟云聚散无定时，九月花开人不知。
山竹学名莽吉柿，恰似披挂出征衣。

莽吉柿，别名：山竹、山竹子、倒捻子。藤黄科、藤黄属，小乔木。原产于印度尼西亚的马鲁古群岛，中国南部地区引种栽培或试种，对生存环境要求很高。花期9—10月，果期11—12月。枝繁叶茂，花朵美如茶花。为热带特有的水果，果肉可食，含有丰富的膳食纤维、糖类、维生素等。外果皮中的红色素可用来制染料。物语：雨林冰云，热带风韵。

# 梅

银河不分水深浅,风浪难载沧桑田。
得闲梅林转一转,想想皓齿也酸软。

梅,别名:青梅、乌梅、酸梅、西梅。蔷薇科,杏属,小乔木。中国南方多有栽培,已有三千多年栽培历史。花期冬春季,果期5—6月。梅主要分为观赏树和果树两个大类。大部分梅子味道酸味多于甜味,可鲜食或者制作果脯。以云南大理洱源县所产的最为著名,洱源梅子为地理标志保护产品。花、叶、根和种仁可入药。物语:迎风开放,酿造酸爽。

# 木奶果

满天锦瑟似绯红,金珠悬垂月如弓。
张扬未必真本性,偏要炫尽迷彩风。

木奶果,别名:山豆、白皮、木荔枝、大连果、山萝葡。大戟科,木奶果属,常绿乔木,高可达15米。分布于亚洲热带地区,为岭南常见的山中野果子。绳子似的软枝,系在果树的粗壮枝干和树身上,花谢后果实就会悬垂下来,颇为壮观。木奶果有清香的酸味,口感和山楂相差无几。叶、根、果皮可入药。物语:酸多于甜,止咳平喘。

# 柠檬

宇宙定居何其难,柠檬立于天地间。
几时酸倒几时算,银河不曾设开关。

  柠檬,别名:黎朦子、麻老果、西柠檬、药果、宜母子。芸香科,柑橘属,常绿小乔木。广泛分布于世界各地,为欧美地区以及东南亚国家日常烹调中最常用的调味料和食材之一。枝条开展,枝叶美观,挂果经久不落,可观赏。富含多种有机酸和柠檬酸盐,对于净化血液有一定作用,具有抗氧化、抗衰老等功效。物语:要看莫看,比醋还酸。

# 枇杷

富贵枇杷经双秋，不让他花抢风头。
天下几人能看透，荣华来了还会走。

　　枇杷，别名：卢桔、巴叶、杷叶、土冬花。蔷薇科，枇杷属，常绿小乔木。产于中国台湾、甘肃、陕西、河南、江苏、安徽、浙江、江西、湖北、湖南等地。枇杷果外形如麦黄杏大小，果肉酸甜多汁。熟食可以治疗慢性支气管炎和肺气肿等呼吸道疾病。广东每年的3—4月份为收获季节，时令枇杷会带短枝销售。物语：简单快乐，修成正果。

# 蒲桃

袅袅美姿花蕊长，款款摆动流金黄。
蒲桃格调不一样，花和果实都清香。

蒲桃，别名：香果壳、风鼓、水蒲桃、铃铛果。桃金娘科，蒲桃属，乔木。产于中国福建、广东、广西、贵州等地，为热带或亚热带地区的主要观赏果树。常生长于低海拔河谷湿地。树形美观，枝条开展，绿叶婆娑，花朵芳香，如同银丝，落花时地上一片梦幻景色。果实微甜带有浓郁的玫瑰香味，大果核薄果肉。根皮、果可入药。物语：果如响铃，徒有其名。

# 葡萄

天壤连接大地长，倒悬葡萄架架香。
紫玉暖房一幢幢，夜光美酒日夜淌。

葡萄，别名：蒲陶、草龙珠、菩提子、山葫芦。葡萄科，葡萄属，木质藤本。原产于亚洲西部。花期4—5月，果期8—9月。中国种植葡萄历史悠久，以新疆的吐鲁番与和田知名度最高。葡萄酒以中国长城葡萄酒最为著名，葡萄经过酿造之后含有多种酚化物以及花青素，具有抗氧化、降低血液粘度、预防心脑血管疾病等作用。物语：紫珠绿玉，保健久助。

# 人心果

雪中总有送炭人，端看相交浅与深。
果子苦涩风不问，甜在深山有远亲。

　　人心果，别名：长寿果、赤铁果、吴凤柿、牛心梨。山榄科，铁线子属，乔木，高可达20米。原产于美洲热带地区，中国自新加坡引进，种植于广东、广西、海南等地。花果期4—9月。有时每年可以开花结果两次，簇生长梗白色花朵，爆炸性结果。营养丰富，味道可口，能够补充人体所需的多种维生素及微量元素。物语：益寿神器，提升活力。

# 沙棘

赫赫扬扬沙棘黄,热热闹闹太真妆。
天之风韵最豪放,大地深处是家乡。

沙棘,别名:醋刺、醋柳、达日布、黄酸刺、酸枣树、醋溜溜、黑刺。胡颓子科,沙棘属,落叶乔木或灌木。分布于中国华北、西北及四川、云南、西藏。生性顽强,极耐干旱、极耐冷热、极耐贫瘠,因此被广泛用于水土保持、沙漠绿化。花小、淡黄色,先于叶开放。果实适口性未必能被大众接受,但营养丰富,可食用,亦可药用。物语:开发有度,日益进步。

# 山莓

暖风怜惜无声族，催熟山莓几百亩。
不舍飞红由天去，故留美味解人语。

山莓，别名：黄莓、牛萝卜、山抛子、牛奶泡、撒秧泡。蔷薇科，悬钩子属，直立灌木，高1~3米。分布于中国、日本、朝鲜、越南等国家。花期2—3月，果期4—6月。中国野生山莓分布广泛，为荒地先锋之物。耐贫瘠，见土就长，未经栽培的原生种虫鸟不食。栽培山莓营养丰富，清热解毒，抗氧化，抗凝血，降血糖。物语：别名太多，尽显自我。

# 山楂

凝眸雪山三月风，望断无暇美背影。
山楂接获颁奖令，开花结果意正浓。

　　山楂，别名：红果、绿梨、山里果、山里红、酸果子。蔷薇科，山楂属，落叶乔木，高可达6米。产于中国北部地区，分布于朝鲜和俄罗斯等周边国家。花期5—6月，果期9—10月。多在早春三月前后枝头冒出绿芽，开花时，枝头绽放出一簇簇长梗白色小花，如梅蕊细长，芳香浓郁。结果时，枝头挂满火红的山楂果，可食用。干制后入药。物语：冰糖葫芦，依然如故。

# 蛇皮果

两袖月光风不知,记忆之果味神奇。
全年无休好精力,怎知不是天构思。

　　蛇皮果,别名:沙叻。棕榈科,蛇皮果属,常绿草本或半木质化植物。分布于东南亚。植株丛生,茎秆粗壮直立带坚硬长刺,叶子如同裂开的羽毛一般,果实多数长在地面上根基部位。印尼女性将蛇皮果奉为美容之果,当地人用辣椒和盐及香料制作美食。营养丰富,含有钾元素,常食可以软化血管降低血压。物语:果真如此,何等神奇。

# 柿

知足常乐心花飞,不拘世俗活一回。
遇上须眉无所谓,柿林巾帼照样美。

柿,别名:柿子、猴枣、大柿子、朱果。柿科,柿属,落叶乔木。原产于中国长江流域,朝鲜半岛、日本、俄罗斯、法国等地均有栽培。花期5—6月,果期9—10月。果实形状各异,成熟后黄色或橙黄色,果肉柔软多汁,味道甜美。可药用。广州白云山和记利用单纯柿叶提取物制成的脑心清片,可预防治疗冠心病和脑动脉硬化症。物语:悠悠柿心,沉吟至今。

## 桃 (táo)

晨起披上红罗袍，粉妆玉砌不堪娇。
微风告知金秋到，含羞送出肥城桃。

桃，别名：桃子。蔷薇科，桃属，乔木，桃树高4~8米。原产于中国，世界各地均有栽植。花期3—4月，果期8—9月。树冠奔放，叶子碧绿色，精致修长。桃花浓妆淡抹，犹如降雪红云，盛开时的媚态令人炫目，其娇艳有"桃之夭夭，灼灼其华"的诗句为证。花谢后的果实即桃子。果实味道甜美，营养丰富。物语：锦绣花容，果实灵动。

# 甜橙

天河落雨水长流，千古花开锁春秋。
太阳新橙比并秀，谁香谁就上枝头。

　　甜橙，别名：橙子、黄果、广柑、香橙。芸香科，柑橘属，乔木。中国秦岭以南各地广泛栽培。广东、广西、福建南部所称的橙，在四川和浙江则称为广柑，湖南叫作广橘或橘红，亦称广柑，云南和贵州则称为黄果。外表金黄色，味道清香。果皮可药用。现代科学发现橙子可以增加血管弹性，有降低胆固醇和减少动脉硬化等功效。物语：提升活力，生生不息。

# 无花果

非凡之中有和谐,万朵千朵甜香多。
唯我花开花不落,怎忍叫声无花果。

无花果,别名:阿驵、天仙桃、奶浆果、蜜果、文先果。桑科,榕属,落叶灌木,高3~10米。原产于地中海沿岸,唐代传入中国,现南北均有栽培,新疆南部尤多。花果期5—7月。树形、枝叶美观,可供观赏。果实单生于叶腋,大而梨形,香甜软糯,满腹绯红。果实干鲜,生吃、熟食皆适宜。果实为医书中记载的传统中药材。物语:腹中香彻,艳光闪烁。

# 西瓜

满地西瓜堆成山,只说大旱更甘甜。
不忍分成月牙瓣,唯恐香味飞上天。

西瓜,别名:西瓜翠皮、水瓜、寒瓜、西瓜翠青。葫芦科,西瓜属,一年生蔓生藤本。原产于非洲,世界各地广泛栽培,金、元时始传入中国。花果期夏季。叶子碧绿呈羽状,开淡黄色花,花落结瓜。富含人体所需的多种营养成分,可清热解暑,除烦止渴。新品种多不胜数。果皮可药用,有清热、降血压之效。物语:绿皮红心,完美作品。

# 香瓜

南方香瓜无条纹,却是天下最极品。
千古风流转时运,只管从古吃到今。

　　香瓜,别名:甜瓜。葫芦科,黄瓜属,匍匐或攀缘草本。目前世界上有多个栽培品种,主要分布在中亚、西亚、西欧、北美、北非等地。中国栽培与驯化史已超过三千年。果肉白色、黄色或绿色,有香甜味。富含转化酶、苹果酸、葡萄糖、氨基酸、维生素C等成分,果肉生食能止渴清燥。适量食用,有利于人体健康。物语:遇见平淡,舍弃痴恋。

# 香蕉

风流叶子风流摇，摇得绝色满天飘。
金玉田里锁奥妙，妙出销魂甜香蕉。

香蕉，别名：龙溪蕉、天宝蕉、芎蕉。芭蕉科，芭蕉属。原产于中国南部，中国台湾、福建、广东、广西等地均有栽培。植株健壮丛生，叶子浓绿硕大，矮型的高3.5米以下，高型的可达4~5米。果身弯曲，略为浅弓形，果肉松软，黄白色，味甜，香味浓郁。多在青绿色时开始收，放置一段时间才可以上市销售。物语：吃不打烊，影响健康。

# 杏 xìng

融融春光渐引风，浅浅午睡闻蝉鸣。
放眼凝望麦黄杏，每每沉醉美色中。

杏，别名：杏树、杏花、水晶杏。蔷薇科，杏属，乔木。分布于中国东北、西北、华北、西南及长江中、下游各省。花期3—4月，果期6—7月。黑龙江省佳木斯市的市花。杏树为中国特有的古老经济树种。花先于叶开放，花朵白中透粉，深受爱花人士和摄影爱好者喜爱。果肉酸甜多汁，富含不饱和脂肪酸。杏仁可食用，也可入药。物语：从容无争，最大成功。

# 阳桃

绝顶峰换翠云衣,出尘裹上黄陵子。
阳桃变成玉如意,捧在手心不忍食。

阳桃,别名:五敛子、五棱果、五稔、洋桃。酢浆草科,阳桃属,乔木,高可达12米。原产于马来西亚、印度尼西亚,中国广东、广西、云南、福建均有栽培种植。花期4—12月,果期7—12月。花小,微香。果实清脆酸甜,洗净并去掉棱边后即可食用。食用阳桃能够降血糖、血脂、胆固醇,预防动脉硬化,排酒毒。果、根、皮、叶有药用价值。物语:以物降物,功效充足。

# 洋蒲桃

垂柳又绿西子湖,赤霞红玉相携出。
盛夏六月品莲雾,甘甜清脆可解暑。

  洋蒲桃,别名:天桃、金山蒲桃、南洋蒲桃、莲雾、水蒲桃、辈雾、琏雾、爪哇蒲桃。桃金娘科,蒲桃属,乔木,高12米。原产于马来西亚和印度,中国台湾、广东、福建、云南、海南等地引进栽培。花期3—4月,果期5—6月。花白色,蕊细长密集。果实形状别致,洋红色。味道鲜甜清脆,营养丰富。物语:满园春色,尺水兴波。

# 椰子

静好岁月知多少,椰子林中风萧萧。
初升太阳殷勤照,更有鸟语伴晨操。

  椰子,别名:越王头、胥余、胥耶、可可椰子。棕榈科,椰子属,乔木,高可达30米。中国种植椰子已有2000多年的历史,现主要分布于广东南部、海南及云南南部。主干笔直,阔大的绿叶十分美观。椰子树全身是宝,具有极高经济价值。椰子汁清香可口,椰子肉含脂肪达70%,椰子壳可制作工艺品,椰子根可入药。物语:山因玉辉,天为果美。

# 樱桃

天边园林吹好风,眼前蜜蜂无踪影。
但见樱桃吐珠红,不知美味浓不浓。

樱桃,别名:莺桃、荆桃、英桃、牛桃、樱珠、车厘子。蔷薇科,樱属,乔木,高2~6米。产于中国辽宁、河北、陕西、甘肃、山东等地。花期3—4月,果期5—6月。枝繁叶茂,树皮灰白色,白色花瓣,先于叶开放。果实晶莹剔透,红如玛瑙,黄如凝脂,营养丰富。果实可供食用,也可酿酒。枝、叶、根、花可供药用。物语:唯美守候,占据春秋。

## 樱桃番茄

云唤绿叶卸春风,生怕越抹妆越浓。
圣女果红真要命,一个更比一个红。

　　樱桃番茄,别名:樱桃西红柿、樱桃小番茄。茄科,番茄属,一年生或多年生蔓性草本。原产于南美洲,全世界各地分布广泛,中国多地种植。果实有红、黄、绿、深红等色,东北三省早期就有黄色小番茄上市,广东、海南、山东等地后期栽培的主要为红色圣女果。晶莹剔透,小如樱桃,味道鲜美,营养成分丰富。物语:盛世清欢,妙用无言。

# 柚 yòu

qīng chéng yù shù dié é huáng, qiǎn yún nóng liè lòu jīn zhuāng
倾城玉树叠鹅黄，浅匀浓烈镂金妆。
shèng qíng zhī xià yǒu shèng kuàng, dà dì chù chù piāo yòu xiāng
盛情之下有盛况，大地处处飘柚香。

柚，别名：抛、文旦、朱栾、香抛。芸香科，柑橘属，乔木。中国长江以南各地，主产于广东、福建、云南、湖北、浙江、江西。栽培历史悠久。花期4—5月，果期9—12月。为著名水果，品种繁多。分为沙田柚、晚白柚、金兰柚、坪山柚、安江香柚等多个品种。果肉富含维生素C。根、叶及皮可药用，具有润肺理气、消食等功效。物语：变而求进，独家意蕴。

# 中华猕猴桃

水果之王猕猴桃，一寸风光就逍遥。
撒金枝头欲大笑，又恐闪了小蛮腰。

中华猕猴桃，别名：奇异果、藤梨、羊桃藤、羊桃。猕猴桃科，猕猴桃属，大型落叶藤本。产于中国。花期4—6月，果期8—9月。花初放时为白色，后变淡黄色，芳香四溢，十分美丽。果实椭圆形，外被棕色毛，口感酸甜、清新。名字由来说法不一，一说因猕猴喜食，亦有说因果皮覆毛，状似猕猴。物语：人间风月，雕琢天果。

## 春风

常见明月牵良缘,夜耕心田无遮拦。
醒来得见春风面,疑是落入忘忧山。

春风,预示着太阳逐步偏向北半球运行,白天光照时间开始延长,南方海洋和地表温度升高,空气受热变轻后上升。同时,北方的低温空气相对较重,开始自然下降,空气的相对流动产生了风。由海洋吹向陆地,气流潮湿而又温暖,富含世间万物所需要的温度和水分。使得大地生机盎然,北方以叶子变绿为春的指标。物语:传递资讯,四季更新。

# 冬风

寒流呼啸过百川,凌云喷薄风乱卷。
怎奈雪花太柔软,难以梦醒无为轩。

　　冬风,是空气流动引起的一种自然现象,由太阳辐射所导致的气压差引起。由于海陆热力差异的存在,风从陆地的高压区域吹向海洋的低压区域。冷空气压力大,热空气压力小,气流相互作用,形成冬风,带给大地寒冷。盛行中国的冬风来自欧亚大陆北方,多为偏北风,主要影响北方地区,常见风雪交加或大地河流结冰。物语:历史发展,源于自然。

# 龙卷风

聚一成十掠地行，横扫千钧谁不惊。
乱云收回龙卷风，飘去天边留威名。

龙卷风，是云层中巨大能量的释放，发生在极端气候或极其不稳定的天气状况下。季节性较弱，春季、夏季、秋季均可发生，是一种由空气剧烈对流运动而产生的高速旋转或漏斗式涡旋，由云层直接降至地面，形状像一个从云中垂下的大漏斗，迅速拔地而起，形成旋转上升的风柱。在海上，能把海水吸到空中，形成水柱。物语：纯粹天生，大地包容。

# 秋风

明月长系花念想，秋风只道春寻常。
问你相思有多长，千千结挂月亮上。

　　秋风，是空气水平运动的结果，当太阳渐渐偏向南半球，北半球的太阳辐射越来越少，地面热量散失越来越多，气温便开始降低，风开始寒冷起来。树叶由绿色变成黄色，预示着秋天来临。不但带来丰收的喜悦，菊花和枫树也借着秋风推出自己的美丽景色。收获过后，万物走向凋零。吹过时，大地总会有一种牵挂。物语：知识力量，空间回荡。

# 台风

拔山风雨席卷出，高峰有根定力足。
云尽无法伤万物，唯有收拾回天府。

　　台风，在热带洋面上生成，是一种强烈的热带气旋。海洋表面受太阳直射，温度升高形成水蒸气，周围冷空气加入合并上升，反复循环直至整个气流涡旋不断扩张，最后发展成台风。根据其发生地点的不同，被分为了台风和飓风两种。台风因其突发性极强、破坏力太大，故被列为世界最严重的自然灾害之一。物语：气旋作用，云尽天晴。

# 夏季风

热浪从来不认输,相思飞扬情有余。
纵然剪尽红和绿,夏风比春总不如。

　　夏季风,季风区夏季风为海洋吹向大陆的盛行风,由大洋和陆地气压差所形成,中国有来自太平洋的东南季风和来自印度洋的西南季风。从高气压的海洋区域吹向低气压的陆地区域,其运行中所携带的水蒸气给各地区带来丰沛的降水量。夏天善变,恰如民间常说风是雨的头,就是指夏季风为大雨来临之前的信号。物语:热烈有余,温柔不足。

物语集

## 多肉

**B**

八宝　　　　　　　　物语：吉祥植物，带来福禄。
白玉兔　　　　　　　物语：包容相悦，互惠团结。

**C**

彩云阁　　　　　　　物语：友情相伴，信任久远。
长寿花　　　　　　　物语：健康平安，福寿双全。

**F**

绯花玉　　　　　　　物语：甜蜜欢歌，饱满温和。

**H**

红背椒草　　　　　　物语：千红染透，绿了春秋。
红麒麟　　　　　　　物语：坚定忠诚，个性勇猛。
红缘莲花掌　　　　　物语：开朗大方，欢快成长。
虹之玉锦　　　　　　物语：优雅健康，直达理想。
花盛球　　　　　　　物语：内柔外刚，自然绽放。
花月夜　　　　　　　物语：展望美好，分外娇娆。
黄毛掌　　　　　　　物语：掌有冷香，丰富想象。

**J**

姬星美人　　　　　　物语：旺盛向上，绿色能量。
金枝玉叶　　　　　　物语：花的温柔，染红枝头。
九轮塔　　　　　　　物语：随和热情，锦瑟堆成。
酒瓶兰　　　　　　　物语：难得一见，美醉天眼。

**L**

丽光殿　　　　　　　物语：任意舒卷，阳光灿烂。
量天尺　　　　　　　物语：花美果艳，气势惊天。
令箭荷花　　　　　　物语：含羞瞬间，惊艳千年。
琉璃殿　　　　　　　物语：独立执着，流翠欢歌。
胧月　　　　　　　　物语：积极超越，力量之作。
鹿角海棠　　　　　　物语：热切期望，成功奔放。

**M**
美丽日中花　　　　　　　物语：绕指风流，美至心头。
**Q**
千代田锦　　　　　　　　物语：奋发图强，吉祥兴旺。
**S**
珊瑚珠　　　　　　　　　物语：生性活泼，天天快乐。
沙漠玫瑰　　　　　　　　物语：自信长情，坚持成功。
少将　　　　　　　　　　物语：无尽苍穹，彩虹当空。
水晶掌　　　　　　　　　物语：温暖如春，友谊长存。
**T**
天使之泪　　　　　　　　物语：得天独厚，珠玉通透。
筒叶花月　　　　　　　　物语：互相欣赏，倾心向往。
**W**
五十铃玉　　　　　　　　物语：和平之色，安定生活。
万重山　　　　　　　　　物语：阳光明媚，花开富贵。
**X**
仙人掌　　　　　　　　　物语：渲染坚强，热情奔放。
小松绿　　　　　　　　　物语：青春能量，活力飞扬。
蟹爪兰　　　　　　　　　物语：弥足珍贵，尽兴品味。
心叶日中花　　　　　　　物语：大度友爱，最受拥戴。
星美人　　　　　　　　　物语：积极向上，年轻阳光。
雪光　　　　　　　　　　物语：热带花朵，魅力四射。
**Y**
银翁玉　　　　　　　　　物语：踏实谦和，收获良多。
银星　　　　　　　　　　物语：温馨陪伴，祥瑞丰年。
玉露　　　　　　　　　　物语：百合理想，希望之光。
玉翁　　　　　　　　　　物语：成熟有礼，未来可期。
玉缀　　　　　　　　　　物语：穿越百年，生命灿烂。

## Z

| | |
|---|---|
| 珍珠吊兰 | 物语：学会包容，分享成功。 |
| 子持莲华 | 物语：冲天而起，能量神器。 |
| 紫晃星 | 物语：席地而生，气象升腾。 |
| 紫珍珠 | 物语：守护神圣，芳心安定。 |

## 水果

### B
| | |
|---|---|
| 波罗蜜 | 物语：甜蜜入心，潇洒红尘。 |

### C
| | |
|---|---|
| 粗叶榕 | 物语：饮食文化，健康为大。 |

### D
| | |
|---|---|
| 笃斯越桔 | 物语：天头地角，无人不晓。 |

### E
| | |
|---|---|
| 鳄梨 | 物语：吃对食物，生活无虞。 |

### F
| | |
|---|---|
| 番荔枝 | 物语：果中含铁，对抗贫血。 |
| 番木瓜 | 物语：要种要长，欲收欲藏。 |
| 番石榴 | 物语：味道奇特，接受再说。 |
| 菲油果 | 物语：记得来处，方知归途。 |
| 凤梨 | 物语：饱满之情，自然形成。 |
| 富士果 | 物语：青山秋月，春风应和。 |

### G
| | |
|---|---|
| 柑子 | 物语：上善真谛，鹏程万里。 |

### H
| | |
|---|---|
| 哈密瓜 | 物语：离合聚散，命运相连。 |
| 海枣 | 物语：记忆深远，甜美童年。 |
| 红毛丹 | 物语：由深入浅，万般随缘。 |
| 花红 | 物语：花开生动，果美人生。 |
| 火龙果 | 物语：塑身减重，水清月明。 |

## J
| | |
|---|---|
| 橘子 | 物语：内涵芳香，隐士模样。 |

## L
| | |
|---|---|
| 梨 | 物语：筑梦起步，必行之路。 |
| 荔枝 | 物语：红锦翠帏，上善若水。 |
| 榴梿 | 物语：果中之宝，喜欢就好。 |
| 龙眼 | 物语：互联起来，饱满情怀。 |
| 罗汉果 | 物语：与世无争，药中深情。 |

## M
| | |
|---|---|
| 蔓越莓 | 物语：无所不能，令人震惊。 |
| 莽吉柿 | 物语：雨林冰云，热带风韵。 |
| 梅 | 物语：迎风开放，酿造酸爽。 |
| 木奶果 | 物语：酸多于甜，止咳平喘。 |

## N
| | |
|---|---|
| 柠檬 | 物语：要看莫看，比醋还酸。 |

## P
| | |
|---|---|
| 枇杷 | 物语：简单快乐，修成正果。 |
| 蒲桃 | 物语：果如响铃，徒有其名。 |
| 葡萄 | 物语：紫珠绿玉，保健久助。 |

## R
| | |
|---|---|
| 人心果 | 物语：益寿神器，提升活力。 |

## S
| | |
|---|---|
| 沙棘 | 物语：开发有度，日益进步。 |
| 山莓 | 物语：别名太多，尽显自我。 |
| 山楂 | 物语：冰糖葫芦，依然如故。 |
| 蛇皮果 | 物语：果真如此，何等神奇。 |
| 柿 | 物语：悠悠柿心，沉吟至今。 |

## T
| | |
|---|---|
| 桃 | 物语：锦绣花容，果实灵动。 |

甜橙　　　　　　　　　物语：提升活力，生生不息。

## W
无花果　　　　　　　　物语：腹中香彻，艳光闪烁。

## X
西瓜　　　　　　　　　物语：绿皮红心，完美作品。
香瓜　　　　　　　　　物语：遇见平淡，舍弃痴恋。
香蕉　　　　　　　　　物语：吃不打烊，影响健康。
杏　　　　　　　　　　物语：从容无争，最大成功。

## Y
阳桃　　　　　　　　　物语：以物降物，功效充足。
洋蒲桃　　　　　　　　物语：满园春色，尺水兴波。
椰子　　　　　　　　　物语：山因玉辉，天为果美。
樱桃　　　　　　　　　物语：唯美守候，占据春秋。
樱桃番茄　　　　　　　物语：盛世清欢，妙用无言。
柚　　　　　　　　　　物语：变而求进，独家意蕴。

## Z
中华猕猴桃　　　　　　物语：人间风月，雕琢天果。

# 风

## C
春风　　　　　　　　　物语：传递资讯，四季更新。

## D
冬风　　　　　　　　　物语：历史发展，源于自然。

## L
龙卷风　　　　　　　　物语：纯粹天生，大地包容。

## Q
秋风　　　　　　　　　物语：知识力量，空间回荡。

## T
台风　　　　　　　　　物语：气旋作用，云尽天晴。

## X
夏季风　　　　　　　　物语：热烈有余，温柔不足。